Till Lenecke

Auf Kaperfahrt mit STÖRTE-BEKER

HINSTORFF

Danke an:

Udo Erhart
Oliver Ferreira
Levin Kurio
und
Kai Schüttler

KAPITEL 1
1385 IRGENDWO IN DER NORDSEE ...
SCHIFF IN SICHT!
WEG DA, KLEINER! DAS IST JUNGMANNARBEIT!

WAS WILL DER AUSGUCK? WIR SIND GERADE ERST FREI VOM LAND.
AN DECK!
EINE KOGGE!
PIRATEN!
ES HEISST, STÖRTEBEKER HABE NICHTS GEGEN GEWÖHNLICHE SEELEUTE WIE UNS.
ICH LASSE TROTZDEM WAFFEN AUSTEILEN. SCHICK ALLE UNNÜTZEN MÄNNER UNTER DECK!
JAKOB
UNTER DECK MIT DIR!

ZUM ANGRIFF, BRÜDER!
ENTERT DAS SCHIFF!
DAS SCHIFF GEHÖRT UNS, VIZEHAUPTMANN!

WAS HAT DIE KOGGE GELADEN?
FÄSSER!
GUTES BIER AUS HAMBURG.
WARTE…
DA VERSTECKT SICH JEMAND…
EINE FEIGE RATTE, DIE NICHT KÄMPFEN WILL.
SO?
NEIN, KEINE RATTE! ICH BIN JUNGMANN!
DANN HEUERE ICH SIE HIERMIT AN, JUNGMANN RATTE!

HALT STILL, JUNGE!
SONST LANDEST DU IM WASSER!
ROBIN!
DU ARBEITEST AB HEUTE AN DECK!
UND JUNGMANN RATTE GEHT STATT DEINER UNTER DECK.
HAST DU NICHT GEHÖRT? DA WARTET ARBEIT AUF DICH!
7

ACHTUNG!
DER HAUPTMANN ZIEHT AUF!
WORAUF WARTET IHR? ICH DACHTE, IHR HABT ROTBIER ERBEUTET.

HOL WEG!
HOL WEG!
HOL WEG!
HOL WEG!
HOL WEG!
HOL WEG!
HOL WEG!
HOL!
HOL!
HOL!
HOOOOL
...WEG!

WER BIST DU DENN?
WAS HAST DU HIER ZU SUCHEN?
RUNTER VOM ACHTERDECK!
ODER HÄLTST DU DICH FÜR ETWAS BESSERES?
DEIN PLATZ IST VOR DEM MAST!
MERK DIR DAS!

WIRD'S BALD?
WIRST DU WOHL GEHORCHEN?
GIB IHM DEN REST!
HÖRT AUF!
MARSCH, ZURÜCK AN EURE ARBEIT!
WO BIN ICH?
DAS IST MEIN REICH.
ICH BIN DER KOCH UND DU HAST AUF MICH ZU HÖREN.

HEY!
ICH HABE NOCH HUNGER. GIB HER!
NEIN!
HMMM, DAS SCHMECKT!
DAS IST MEINE RATION!
JA UND ICH FRESSE DIR JETZT ALLES WEG!

ICH MUSS MAL...
HE, RATTE! DU MACHST DAS NICHT RICHTIG!
BEIM SCHEISSEN IMMER EINE HAND FÜR DAS SCHIFF UND EINE FÜR DICH.
13

KOCH! EINER DER MÄNNER WILL MICH UMBRINGEN!
DU MUSST EBEN AUFPASSEN. DANN BLEIBST DU AUCH AM LEBEN!
MIR TUN SIE NICHTS. ICH BIN ZU WICHTIG.
DU UND ZU WICHTIG? DEIN ESSEN IST SCHLECHT!
SEI BESSER VORSICHTIG, JAKOB!
EINEN DEINER VORGÄNGER HABEN DIE MÄNNER MIT EINEN EIMER AM FUSS ZU DEN FISCHEN GESCHICKT.

SCHIFF IN SICHT!
KLAR ZUM GEFECHT!
BACKBORDSEITE IST GEFECHTSSEITE!
JAKOB! AB IN DIE BILGE!

WOZU BRAUCHT IHR DIE KÖPFE?
DIE SCHMEISSEN WIR ALS GRUSS DEN KAUF-LEUTEN VOR DIE FÜSSE!
ABER DER KOPF VON DEM JUNGEN BLEIBT DRAN! DEN BRAUCHEN WIR NOCH.
DIE SOLLEN VOR DEM GEFECHT NICHT SO VIEL SAUFEN.
UNTER ARND STUKE WAR DAS NICHT SO. DA GING ES HIER ZU WIE IN EINER RÖMISCHEN KASERNE.
16

JAKOB...
...WIR HABEN ETWAS GEMEIN-SAM.

ICH BIN GENAU SO UNFREIWILLIG HIER WIE DU.
ICH WAR AUF DEM WEG NACH LONDON, ALS DIE PIRATEN UNS ÜBERFIELEN.
IN LONDON HATTE ICH VOR, BEI EINEM ARZT ZU ARBEITEN. EINEM BERÜHMTEN MEDICUS.
ICH HABE MEDIZIN STUDIERT, WEISST DU?
ICH WAR STUDENT AN DER ALMA MATER CAROLINA IN PRAG.
HÖRST DU MIR ÜBERHAUPT ZU?
JAKOB!

KAPITEL 2
WÄHREND DER KALTEN JAHRESZEIT RUHT DIE SEEFAHRT AUF DER NORDSEE.
LAND IN SICHT! EIN STRICH BACKBORD!
VIZE, NIMM DIR EIN PAAR BEWAFFNETE MÄNNER MIT, WENN DU AN LAND GEHST.
FÜR DIE LIKEDEELER WIRD ES DANN ZEIT, EIN WINTERQUARTIER ZU FINDEN.
19

ICH KANN MÄNNER AM STRAND SEHEN.
SIE SCHEINEN AUS EINER HÖHLE ZU KOMMEN...
LASST MICH DAS REDEN ÜBERNEHMEN, MÄNNER.
AHOI!
IK SANT VELL MACHTE FESKER-MAN VUN DEAT LUN.
VON WEITEM SIEHT JAKOB, WIE DIE MÄNNER STREITEN.

DER HÄUPTLING ERWARTET UNS. ICH BRAUCHE ALLE MÄNNER MIT IHREN WAFFEN.
DIE BRÜDER ZIEHEN SICH MIT DEN EINGEBORENEN ZUM VERHANDELN IN DIE HÖHLE ZURÜCK.
JAKOB BLEIBT DRAUSSEN ALLEIN ZURÜCK.
HALLO!
ICH WURDE ENTFÜHRT! KÖNNEN SIE MIR HELFEN BITTE?
GUNG FÜTT, BRUUR. WI HALUNNERS MAI DJIM NI!
21

OH NEIN!
HIER BIN ICH DOCH EBEN SCHON GEWESEN...
ICH BIN AUF EINER INSEL!

KOCH!
KOCH, DU MUSST MIR HELFEN!
JAKOB?
BIST DU VERRÜCKT GEWORDEN?
ICH HABE FÜR DICH GELOGEN, DAMIT DU NICHT AUSGEPEITSCHT WIRST!
ICH WILL HIER NICHT BLEIBEN.
OH DOCH!
23

BESSER DU GEWÖHNST DICH AN DIE BRÜDER!
ABER ICH WILL NICHT IMMER PRÜGEL KRIEGEN!
DANN BEWEIS DEN MÄNNERN, DASS DU ARBEITEN KANNST.
KÖNNT IHR MIR EIN HANDWERK BEIBRINGEN?
DU WILLST ALSO KOCH WERDEN?
NEIN, ARZT!
NEIN, DU IDIOT. DU KANNST KEIN ARZT WERDEN.
ABER ICH WILL KEIN SEERÄUBER WERDEN!
DANN WIRST DU STERBEN.
24

WÄHREND DER ZEIT DES WINTERLAGERS MUSS DAS GANZE SCHIFF INSTAND GESETZT WERDEN.
JAKOB GIBT SICH GROSSE MÜHE BEI DER ARBEIT.
MÄNNER, HÖRT ZU!
NACH SONNEN-UNTERGANG HÄLT UNSER HÄUPTLING EINE REDE.
AM RICHTPLATZ AUF DEM OBERLAND.

ICH MUSS HEUTE MEINER PFLICHT ALS RICHTER NACHKOMMEN.
DREI UNSERER BRÜDER HABEN EIN GRAB DER WIKINGER GESCHÄNDET.
KOCH! IST DAS DENN SO SCHLIMM? DIE WIKINGER WAREN DOCH HEIDEN!
JA. ABER UNSER HAUPTMANN BEWUNDERT DIE ALTEN NORDMÄNNER SEHR.
BOOTSMANN, HIER GIBT ES ARBEIT FÜR DICH.
EINS!

WIR SIND FREIBEUTER ÜBER UNS KEIN HERR AUSSER GOTT
JAKOB!
UNTER UNS DAS MEER, EIN SCHIFF UND EINE SCHÖNE FOTT!
JA?
ICH KENNE DEN RÜSTMEISTER. ER HAT MIR EINE WAFFE FÜR DICH GEGEBEN
DER WINTER WIRD LANGE DAUERN UND DU MUSST LERNEN, MIT EINER WAFFE UMZUGEHEN.
EINE WAFFE, FÜR MICH?
JA, ICH GEBE SIE DIR JETZT. KOMM MIT.
FANG AM BESTEN SOFORT AN, MIT DER WAFFE ZU ÜBEN.

JAKOB NUTZT IN DEN NÄCHSTEN TAGE DIE FRÜHEN MORGENSTUNDEN, UM AN DER WAFFE ZU ÜBEN…
…UND ER WIRD IMMER BESSER.
NOCH EINMAL.

KAPITEL 3

FRÜHLING 1386. VIEL ZU FRÜH TRAUEN SICH DIE LIKEDEELER WIEDER AUF DIE NORDSEE.

ICH WILL!
JAKOB, ICH BRAUCH DICH AN DER BACKBORDNOCK!
DAS SEGEL MUSS AUF DIE RAH!
DAS KANN ICH.

JUNGE, WO WILLST DU DENN HIN?
ICH BRAUCH DICH DOCH HIER OBEN!
WEITERMACHEN! DAS SEGEL HOCH AUF DIE RAH!
JETZT MIT DEM BAUCH DAS GEBORGENE TUCH HALTEN.
UND DANN FESTBINDEN!
DABEI IMMER FESTHALTEN!

DAS REICHT!
DIE SEGELFLÄCHE NIMMT AB. DAS SCHIFF KOMMT LANGSAM WIEDER HOCH...
KOMMT RUNTER!
JAKOB...
DU MUSST NICHT ZURÜCK IN DIE KÜCHE. ICH BEFÖRDERE DICH ZUR DECKSHAND.

KAPITEL 4

1388 ZWEI JAHRE SPÄTER IN DER OSTSEE.
JAKOB GIBT SICH MÜHE, EIN GUTER SEEMANN ZU SEIN.

JAKOB!
BIST DU FERTIG MIT DEM STAG?
JA, BOOTSMANN!
NEUES LABSAL GEMISCHT?
HABE ICH HEUTE MORGEN GEMACHT!
DABEI DAS DECK NICHT EINGESAUT?
NEIN.
DANN BRING DEN BOOTSMANNS-STUHL ZURÜCK.

ELMER, DU SCHWEIN!
GEH NACH VORNE, WENN DU PISSEN MUSST!
MUSS AUF MEINEM POSTEN BLEIBEN!
ICH STECH DICH AB, DU HUNDSFOTT!
JAKOB!
DU MUSST NOCH IN DEN LADERAUM.
ICH MUSS AUF DIE BACK!
ABER DANACH KÜMMERST DU DICH UM DIE RATTENFALLEN, VERSTANDEN?
DEIN MESSER BRAUCHST DU UNTEN NICHT. GIB'S MIR!
35

BOOTSMANN?
WAS?!
KRACH!

HELFT MIR!
DAS WAR JAKOB! ER WOLLTE MICH UMBRINGEN!
ZWEI DUTZEND!
JAKOB BEKOMMT NACH DEN REGELN DER BRUDERSCHAFT EINE STRAFE, WELCHE DER HAUPTMANN FÜR ANGEMESSEN HÄLT.
DER BOOTSMANN ÜBERLEBT MIT EINER GEBROCHENEN NASE.
TSCHAK!
TSCHAK!
TSCHAK!
TSCHAK!
TSCHAK!

DER BOOTSMANN PASST GUT ZU DIESEN EHRLOSEN GESELLEN.
DAS SIND NICHT DIE STOLZEN FREIBEUTER VON EINST.
GEFÄHRLICHE BURSCHEN MIT KEINERLEI STOLZ IM LEIB.
WILLST DU AUCH SO WERDEN?
WIESO?
DER VIZEHAUPTMANN VERLANGT NACH DIR. ER WILL EINEN KÄMPFER AUS DIR MACHEN.
GUT!
SIEH ZU, DASS DU EINE ARMBRUST BEKOMMST.
AU!
39

JAKOB!
ICH WILL, DASS DU IN ZUKUNFT DEINE KRÄFTE IM KAMPF EINSETZT UND NICHT GEGEN DEINE KAMERADEN.
DAS WERDE ICH!
IST MEINE WAFFE FERTIG, RÜSTMEISTER?
HMM...
ICH MAG DIESE ART VON WAFFEN NICHT.
DAMIT WIRD AUS DER DISTANZ GETÖTET!
ARMBRÜSTE, DAS EISERNE HANDROHR...
SOWAS GEHÖRT SICH EINFACH NICHT.

WENIG SPÄTER FINDET SICH JAKOB IN SEINEN ERSTEN GEFECHT WIEDER.
KLAR ZUM ENTERN!

JAKOB
WAS MACHST DU?
WEG DAMIT.

DU HAST DOCH EIN MESSER! NIMM ES IN DIE HAND UND LERNE, RICHTIG ZU KÄMPFEN!
LOS SEE-MANN! RAN AN DEN FEIND!
ZU SPÄT, KAMERAD!
ALLE SCHON BEI DEN FISCHEN.
NICHT SO SCHNELL. DA IST NOCH EIN VERWUNDETER!
LOS, GIB IHM DEN REST!
STICH ZU!
GUT GEMACHT, BRUDER!

NUN KANN SICH JAKOB NICHT MEHR HERAUSREDEN. ER IST EIN VITALIENBRUDER. EIN SEERÄUBER, EIN LIKEDEELER...
ALLE BRÜDER NACH ACHTERN!
ICH BEGINNE JETZT MIT DEM GLEICHTEILEN DER BEUTE.
ZWEI PARTEN FÜR DEN BOOTSMANN.
DEIN ANTEIL UND DIE VERSICHERUNG FÜR DEIN BEIN.
ALS EINER DER LETZTEN ERHÄLT JAKOB SEINEN ANTEIL.

AUF UNSEREN SIEGREICHEN SCHIFFER...
STÖRTE! BEKER!
PROST!
AUF IHN!
UNSER HAUPTMANN!
LOS, JUNGE. HOL DIR NOCH MEHR!
TRINK!
JAKOB, WARST DU IM GEFECHT?
JA, VIZE.

DU MUSST LERNEN, ZU KÄMPFEN. DU BIST EIN MANN, ALSO EIN SOLDAT!
FREIBEUTER SIND NICHTS ANDERES ALS SOLDATEN DES MEERES.
UND WER IST UNSER HERR?
UNSER HERR?
DÄNEMARK?
NEIN, MARGARETE VON SCHWEDEN...
DU KÄMPFST FÜR DEINEN HAUPTMANN! JETZT STEH AUF UND TRINK MIT UNS!
UND MORGEN SIND WIR IN ROSTOCK. DA KANNST DU AN LAND GEHEN.
46

KAPITEL 5
ROSTOCK

WIEVIELE SEID IHR?
ZWEI. ABER NUR DIESER SEEMANN MUSS ZU DEN FRAUEN!
DIE TREPPE HOCH, JUNGER HERR.

JAKOB!
WACH AUF!
RAN, BRÜDER!
HE!

KAUM IST JAKOB IM WASSER VERSCHWUNDEN, TAUCHEN SÖLDNER AUF DER KOGGE DER KAUFLEUTE AUF.
DIE VITALIENBRÜDER SIND AN EIN FRIEDESCHIFF DER HANSE GERATEN.
DAS SIEHT BÖSE AUS!
ICH MUSS ZUM RÜSTMEISTER.
51

EURE WAFFE IST ZERBROCHEN, HAUPTMANN!
MAN ZIEHT NICHT MIT ALTEN WAFFEN INS GEFECHT!
BANG!
BANG?
WAS WAR DAS?

JAKOB, DER DEN REST DER BRÜDER MIT EINER WUNDERWAFFE AUSGERÜSTET HAT...
FEUER!
...DEM EISERNEN HANDROHR.
AUFHÖREN!
IHR SCHLACHTET JA ALLE AB!
HUST HUST!
DAS WIRD SICH NIE DURCHSETZEN!

JAKOB, DIE NEUEN FLAGGEN STEHEN.
SEIT DEM SIEG ÜBER DAS FRIEDESCHIFF HAT JAKOBS WORT AN GEWICHT GEWONNEN.
FÜR DICH "HERR JAKOB".
ER DARF NUN ENTSCHEIDUNGEN TREFFEN UND NEUERUNGEN EINFÜHREN.
JAKOB ARBEITET HAND IN HAND MIT DEM RÜSTMEISTER...
...UND HÄLT SICH ACHTERN BEI DEN STEUERLEUTEN AUF.
JAKOB, DER HAUPTMANN WILL DICH SEHEN.

KAPITEL 6
IN STRALSUND GEHT KLAUS STÖRTEBEKER MIT JAKOB AN LAND.

ICH BITTE UM EINE AUDIENZ, EURE HOHEIT...
SCHON GUT, HAUPTMANN. KOMMEN WIR ZUM GESCHÄFT.
WIR HABEN UNS ENTSCHIEDEN, EUREN KAPERBRIEF WEITER ZU UNTERSTÜTZEN...
WEITERHIN DÜRFT IHR MIT EURER BEUTE IN MECKLENBURG HANDEL TREIBEN.
ABER ICH WARNE EUCH, HAUPTMANN...
SOLLTET IHR EINES MEINER SCHIFFE ANGREIFEN, VERLIERT IHR EUREN SCHUTZ...

...UND ICH LASSE EUCH HINRICHTEN.
DAS WAR ES. IHR KÖNNT GEHEN!
ABER VATER, IHR WOLLTET DOCH NOCH...
JAJA, ICH WEISS...
DA WÄRE NOCH EINE KLEINIGKEIT, HAUPTMANN...
57

ALSO:
NACH STOCKHOLM
WIR SOLLEN DIE STADT VON DEN DÄNEN BEFREIEN...
...UND MIT LEBENSMITTELN VERSORGEN.
WIR STECKEN FEST. SAG DEN ANDEREN BESCHEID!

FÜNF SCHIFFE ZIEHEN SICH ZURÜCK.
DIE VITALIENBRÜDER SCHLAGEN HOLZ, UM IHR FÜHRUNGSSCHIFF ZUR FESTUNG ZU MACHEN.
STOCKHOLM

DIE DÄNEN SCHICKEN EINE ÜBERMACHT VON SÖLDNERN, UM DIE BLOCKADEBRECHER ZU SCHLAGEN.

DOCH PALISADEN UND TAUWETTER KOMMEN DEN VITALIENBRÜDERN ZUR HILFE.

ZUM ANGRIFF!
MIT DEM SCHMELZENDEN EIS KOMMEN DIE VITALIENBRÜDER NACH STOCKHOLM.
VOLLER TATENDRANG GREIFEN SIE AN.
HALT!
NEIN!!!
LASS MICH LEBEN! ICH BIN DOCH EINER VON EUCH!
OKE FOLKERTS AUS STARGARD!
ICH HABE GEDIENT UNTER ARND ... AHHH!
KRACH!

MIT DEM REST DER ECHTEN DÄNEN HABEN DIE VITALIENBRÜDER LEICHTES SPIEL.
KOMMT ALLE AUS DEN HÄUSERN!
IHR SEID FREI!

IN EINIGEN TEILEN DER STADT WIRD NOCH GEKÄMPFT, ALS STÖRTEBEKER UND JAKOB AN LAND GEHEN.
KRACH!
SOLL ICH DIR WAS ÜBRIG LASSEN, BRUDER?
ICH BIN NICHT DEIN BRUDER!
LASS GUT SEIN, ICH WILL JETZT FEIERN.
DAS SIND UNSERE LEUTE! WIR HABEN DIE STADT BEFREIT. DA DARF ES KEINE PLÜNDE-RUNGEN GEBEN!
IST MIR EGAL.

IM SUFF BEGINNT KLAUS ZU ERZÄHLEN...
VON DER EDOMSHARDE, EINEM FRUCHTBAREN LAND MIT REICHEM ERTRAG.
DANN KAM DIE PEST UND ENTVÖLKERTE DIE DÖRFER UND STÄDTE.
DARAUF FOLGTE DIE SCHLIMMSTE STURMFLUT SEIT MENSCHENGEDENKEN.
DIE FLUT RUINIERTE SEINE FAMILIE. KLAUS GERIET MIT FÜNF JAHREN IN SCHULDKNECHTSCHAFT.
BALD LIEF DER JUNGE STÖRTEBEKER VOM HOF SEINES HERREN DAVON.

FAST WÄRE KLAUS VERHUNGERT.
BIS ER SICH ENTSCHLOSS, STRANDRÄUBER ZU WERDEN.
DANACH BEGANN SEINE ZEIT ALS FISCHERKNECHT.
DABEI WAR ER WILLKÜR UND HARTEN STRAFEN AUSGESETZT.
KLAUS STAHL DAS BOOT SEINES HERREN...
...UND SCHLOSS SICH DEN SEERÄUBERN AN.
AB HIER HÖRT JAKOB NICHT MEHR ZU...
64

STATTDESSEN ERINNERT SICH JAKOB AN SEINE EIGENE GESCHICHTE.
AN SEINE ZEIT ALS WAISE IM KLOSTER.
INNERHALB DER MAUERN FÜHLTE ER SICH BESCHÜTZT.
ORA ET LA
EUROPA
MARE NIG
OCEANUM
AUSTRALEM
JAKOB LERNTE LESEN UND SCHREIBEN...
...UND BEKAM SOGAR MUSIK-UNTERRICHT.
EIN SCHÖNES LEBEN...
ET LABORA
AUCH WENN ER DAS KLOSTER NIE VERLASSEN DURFTE.

DIE FREIHEIT BRACHTEN IHM VAGABUNDIERENDE RAUBRITTER.
JAKOB KONNTE SICH WÄHREND DES ÜBER-FALLS IM BACKOFEN VERSTECKEN UND ÜBERLEBTE.
HAUT AB, KINDER! HIER GIBT ES NICHTS FÜR EUCH!
UFF!
UND JETZT WAR JAKOB SELBST ZUM RÄUBER GE-WORDEN. EIN RAUBRITTER DER MEERE.
ABER DAS MACHTE KEINEN UNTERSCHIED...
...BRUDER.

KAPITEL 7

ICH HÖRE!
DIE MÄNNER SIND UNZUFRIEDEN, HAUPTMANN
WIR WOLLEN SCHIFFE ENTERN, KEINE STÄDTE.
WIR HABEN KEINE LUST FÜR UNSEREN HERZOG WEITER DIE DRECKS-ARBEIT ZU MACHEN.
WAS GEHT ES EUCH AN, OB WIR EIN SCHIFF ODER EINE STADT EINNEHMEN?
SCHIFFE SIND BESSER... IN STOCKHOLM IST KAUM WAS FÜR UNS ABGEFALLEN...
ES GEHT ALSO UM DEN SOLD...
JAKOB! BRING UNS IN DIE NORDSEE!

JAKOB?
WARUM HAST DU MICH WECKEN LASSEN?
ICH BRAUCHE DICH.
ICH KOMME MIT DER NAVIGATION NICHT ZURECHT...
NACH DER GROSSEN MANDRÄNKE SIND ALLE KARTEN UNBRAUCHBAR GEWORDEN.
ICH HABE NOCH NIE KARTEN GEBRAUCHT!
ICH ÜBERNEHME DEINE WACHE.
DANKE.
ABER RÜHR DICH NICHT VON DER STELLE UND GUCK MIR ZU.
JA, STEUER-MANN.

MIT DEM SCHIFF KOMMEN WIR HIER NICHT WEITER.
WIR SIND AUF DER HÖHE VON NORD-STRAND.
STÖRTEBEKER SPRICHT NUR WENIG.
ABER ER BRINGT JAKOB ZU SEINEM ALLERHEILIGSTEN.

IN SEINE HEIMAT.
HIER LIEGT SEINE BANK.
DER SCHATZ DES STÖRTEBEKER.
GESCHAFFT!
HIEV UP!
EINEN TEIL DAVON BRAUCHTE ER NUN.

HAST DU KEINE ANGST, DASS DEIN VERSTECK AUSGERAUBT WIRD?
NEIN.
DAS VERSTECK FINDEST DU NUR HIERMIT.
MACHT DEN LADEBAUM KLAR!
ACHTUNG, LIKEDEELER!
HEUTE VERTEILE ICH DEN SOLD VOR DEM MAST.
UND KLAUS VERTEILT REICHLICH.
JAKOB KOMMT DABEI INS GRÜBELN...
IST STÖRTEBEKER DOCH DER HELD, DER DIE REICHEN BESTIEHLT, UM DIE ARMEN ZU BESCHENKEN?

KAPITEL 8

1394
AHOI, SCHIFFER! DREHT BEI, WIR HABEN EINE WICHTIGE DEPESCHE FüR EUCH.

SCHLECHTE NACHRICHTEN.
ES WIRD FRIEDEN GEBEN.
UNSER HERZOG HAT SICH MIT DÄNEMARK GEEINGT.
DANN WIRD ER UNSEREN KAPERBRIEF NICHT WEITER UNTERSTÜTZEN...
DAMIT VERLIEREN WIR ROSTOCK UND STRALSUND ALS MARKTPLÄTZE.
WIR BRAUCHEN KEINEN NEUEN FÜRSTEN, DER UNS DIE HANSE VOM LEIB HÄLT...
ABER WIR BRAUCHEN EINEN NEUEN HANDELSPLATZ.
ICH WILL EINE STADT ANGREIFEN, BESIEGEN UND DAUERHAFT BESETZT HALTEN.
WELCHE STADT WIRD DAS SEIN?

VISBY AUF GOTLAND.
HAUPTMANN!
DA SIND SCHON BRÜDER IM HAFEN. WIE KANN DAS SEIN?
DIE PLÄNE SIND SCHON ÄLTER, JAKOB.
WIESO ERFAHRE ICH ALS STEUERMANN SO SPÄT DAVON?
DAS IST MEINE SACHE, JAKOB! GEH AUF DEINEN POSTEN.
VISBY WIRD VON DEN SEERÄUBERN BELAGERT.
DIESER STADT KOMMT NIEMAND ZUR HILFE. SCHON BALD GEBEN DIE BE-WOHNER IHREN WIDERSTAND AUF.

WEISST DU WAS, JAKOB?
EINE BESIEGTE STADT...
...DAS IST DAS GRÖSSTE GELAGE DER WELT!
PROST, STEUERMANN.
NOCH NICHT...

ALS ES DUNKEL WIRD, VERLIERT JAKOB DEN KAMERADEN.
NEJ...
SNÄLLA GÖR INTE...
SNÄLLA GÖR INTE MITT BARN...
77

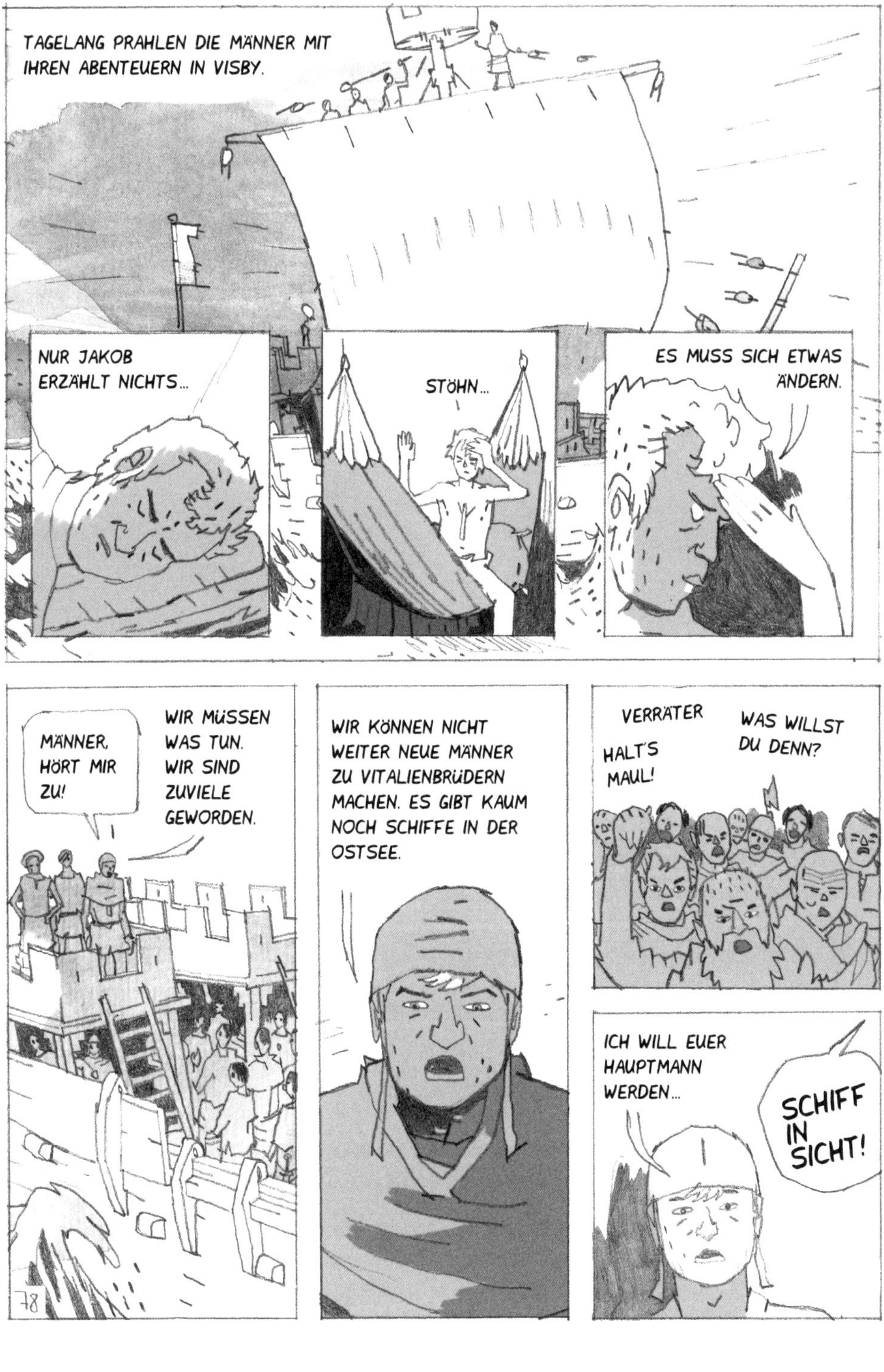
TAGELANG PRAHLEN DIE MÄNNER MIT IHREN ABENTEUERN IN VISBY.
NUR JAKOB ERZÄHLT NICHTS...
STÖHN...
ES MUSS SICH ETWAS ÄNDERN.
MÄNNER, HÖRT MIR ZU!
WIR MÜSSEN WAS TUN. WIR SIND ZUVIELE GEWORDEN.
WIR KÖNNEN NICHT WEITER NEUE MÄNNER ZU VITALIENBRÜDERN MACHEN. ES GIBT KAUM NOCH SCHIFFE IN DER OSTSEE.
VERRÄTER
WAS WILLST DU DENN?
HALT'S MAUL!
ICH WILL EUER HAUPTMANN WERDEN...
SCHIFF IN SICHT!

ACHTERAUS!
SIE SETZEN EINE FLAGGE!
ES SIND VITALIENBRÜDER!
DEM HERRGOTT SEI DANK! DAS SIND UNSERE LEUTE.
WIR BRAUCHEN ACHTERN EINE NEUE FLAGGE. WO IST DER MOSES?
HALT!
DAS HABE ICH NICHT BEFOHLEN, JAKOB.
WIR MÜSSEN FLAGGE ZEIGEN, SONST GREIFEN SIE UNS AN.
ODER WIR GREIFEN SIE AN.
ALSO, MÄNNER...
KLAR ZUM ENTERN!
79

UND MÄNNER...
...SOLL ICH EUER HAUPTMANN BLEIBEN?
JA!
JA!
JA!
JA!!!
AUCH ICH WILL EUCH MEINER LOYALITÄT VERSICHERN.
NICHT SO SCHNELL!
BOOTSMANN, NIMM HERRN JAKOB FEST.
ICH WERDE GLEICH GERICHT HALTEN.
WAS?

DAS WAR KEINE MEUTEREI!
ES IST GESETZ, DAS JEDER HAUPTMANN ABGEWÄHLT WERDEN KANN.
WO STEHT DAS?
NIRGENDS! ABER ES HAT TROTZDEM GÜLTIGKEIT!
ICH BIN HIER DAS GESETZ!
UND ICH VERURTEILE DEINEN HELFER ZUM TODE DURCH DEN STRICK.
81

DAS IST GENUG, BOOTSMANN
JAKOB!
ICH MACHE DICH ZU MEINEN VIZEHAUPTMANN...
...DAMIT ICH DICH IM AUGE BEHALTEN KANN.

JAKOB IST NUR KURZE ZEIT VON STÖRTEBEKER GEÄCHTET. BALD VERFÜGT ER WIEDER ÜBER ALLE PRIVILEGIEN EINES STEUERMANNES.
SOGAR SEINE VERLOBTE DARF IHN AN BORD BESUCHEN.
SIE ERREICHEN MARIENHAFE.
STÖRTEBEKER HAT IN DEM ABGELEGENEN ORT EINE HOCHZEIT ARRANGIEREN LASSEN.
ER HEIRATET DIE TOCHTER DES FRIESENHÄUPTLINGS KENO TEN BROKE.
DIE HOCHZEIT FAND OHNE JAKOB UND BEGLEITUNG STATT.
DAS VERSTEHE ICH NICHT...
WARUM HAT KLAUS DICH ÜBERHAUPT EINGELADEN?
WENN WIR NICHT AUF SEINER HOCH-ZEIT...
WAS HAST DU?

SCHATZ, WAS IST LOS...?
SCHON BALD IST STÖRTEBEKER UNZUFRIEDEN MIT SEINEM SCHWIEGERVATER.
DIE STÄMME UM KENO SIND KLEIN UND UNTEREINANDER ZERSTRITTEN.
AHOI, SCHIFFER!
SIE LASSEN SICH LEICHT VON DER HANSE EINSCHÜCHTERN.
HAUPTMANN, EIN HEROLD WILL MIT EUCH SPRECHEN.
ICH HABE LEIDER SCHLECHTE NACHRICHTEN FÜR EUCH, HERR STÖRTEBEKER.
VOR RÜSTRINGEN GAB ES EINE SEESCHLACHT. VIELE EURER MÄNNER WURDEN GETÖTET...
84

HOLT MIR HERRN JAKOB!
WIR BRAUCHEN EINEN NEUEN KAPERBRIEF.
DEN HOLEN WIR UNS DIREKT BEI DER HANSE.
HAMBURG IST KLEIN UND LIEGT WEIT AB. DA WILL ICH HIN UND VERHANDELN.
DU SETZT EINEN BRIEF AUF UND ICH STELLE DEN ÜBER-BRINGER.
IHR HABT MEIN MÄDCHEN GESCHÄNDET...
JA UND?
DEIN MÄDCHEN WAR AUF MEINEN SCHIFF UND ICH BIN DER KAPITÄN...
ICH...ICH FORDERE VERGELTUNG!
NEIN, ICH HABE WICHTIGERES ZU TUN.

1400
DIE SEERÄUBER GEHEN MIT 200 MANN IN DIE ELBE.
SIE WERDEN ERWARTET.
AHOI!
ICH BIN DER ELBLOTSE.
BRINGT MICH ZUM WACHHABENEN STEUERMANN.
HEY, VORSICHT!
BLEIBT GEFÄLLIGST IN DER FAHRRINNE!

KAPITEL 9
ÜBER 50 SEEMEILEN MUSS DAS SCHIFF DIE ELBE HOCHFAHREN,
BIS ENDLICH DER MARIENDOM IN SICHT KOMMT.

DIE HANSE HAT AUFGERÜSTET. ÜBERALL LIEGEN FRIEDESCHIFFE AUF DEN HELGEN DER WERFTEN.
AHOI!
DAS WASSER IST FÜR EUCH ZU FLACH.
WIR BRINGEN EUCH AN LAND.

STÖRTEBEKER FÜHLT SICH UNBESIEGBAR UND NIMMT NUR EINEN LEIB-WÄCHTER MIT AN LAND: JAKOB.
SIE HABEN ALLE ANGST VOR UNS.
SIE WERDEN ES NICHT WAGEN, UNS ETWAS ZU TUN.
SONST WÜRDE UNSERE FLOTTE IHRE STADT DEM ERDBODEN GLEICH MACHEN.
HERR STÖRTEBEKER! WARUM HABEN SIE UNSEREN HEROLD IN EINEM STINKENDEN HERINGSFASS NACH HAMBURG ZURÜCK-GESCHICKT?
HÄTTEN SIE NICHT EINFACH EINEN PARLAMENTÄR BEAUFTRAGEN KÖNNEN, WIE ES UNTER ZIVILISIERTEN MENSCHEN ÜBLICH IST?

ICH BIN KEIN MANN DER ETIKETTE, HERR SENATOR.
WAS ICH IHNEN ANBIETEN KANN, IST DAS VERSPRECHEN, KEINE SCHIFFE DER HANSE MEHR ANZUGREIFEN...
...MIT AUSNAHME VON BREMISCHEN SCHIFFEN.
DARAUF TRINKE ICH!
ALLE HABEN SIE ANGST!
ALLE !
WIR MÜSSEN HIER WEG, HAUPTMANN!

HAMBURG IST ZU UNSICHER. STATTDESSEN TREFFEN SICH DIE LIKEDEELER VOR HELGOLAND.
JAKOB, WAS MACHST DU IN DER KOMBÜSE?
NICHTS...
DANN RAUS MIT DIR! WIR WOLLEN FEIERN!
AHOI!
AHOI SCHIFFER!

NICHTS AHOI!
HAUT AB MIT
EUREN KRABBEN!
AUCH DIE FEIER VERLÄUFT OHNE
ZWISCHENFÄLLE.
DIE BRÜDER FÜHLEN SICH SICHER.
BIS ZUM NÄCHSTEN MORGEN...
OH NEIN!
HART
STEUERBORD!
DAS RUDER
REAGIERT NICHT!
DIE HALBE HANSE
SCHEINT AUF DEM
WASSER ZU SEIN.

DANN MUSS ES EBEN OHNE RUDER GEHEN.
KLAR ZUM GEFECHT!
VOLLER BLEI!
HEUTE ABEND FEIERN WIR UNSEREN SIEG IM RATS-KELLER VON HAMBURG!
WARTET! LASST SIE NÄHER KOMMEN.
FEUER!
HAUPTMANN, WIR MÜSSEN AUFGEBEN!
WAS?

NUR 69 LIKEDEELER ÜBERLEBEN DIE SCHLACHT VOR HELGOLAND. SIE WERDEN GEFANGEN GENOMMEN UND NACH HAMBURG GEBRACHT.
UNTER IHNEN STÖRTEBEKER UND SEIN VIZEHAUPTMANN JAKOB.

IN HAMBURG WARTET EINE NACHT IM KERKER DES RATHAUSES AUF DIE ÜBERLEBENDEN.
HÖRT AUF!
DER RICHTER WILL IHN MORGEN LEBEND HABEN.
VORHER WILL ICH WISSEN, WO STÖRTE-BEKER SEINE BEUTE VERSTECKT HAT.
MACH IHN LOS!
KANN MAN DENN NOCH ER-KENNEN, DAS ES SICH UM STÖRTEBEKER HANDELT?
WIR HÄTTEN IHN NICHT SCHEREN DÜRFEN...
ICH HABE IHM EXTRA DEN BART GELASSEN.

DER PROZESS FÄLLT AUS.
DIE GRASBROOKINSEL WIRD FÜR DIE HINRICHTUNG VORBEREITET.
GUCK DIR DIE VIELEN LEUTE AN!
IST MIR EGAL!
WAS MACHST DU DA MIT DEINEM STIEFEL?
ICH MUSS KACKEN!
NO.
HE, SÜSSE!
SCHENK ICH DIR!

STÖRTEBEKER IST DER ERSTE, DEN SICH DER SCHARFRICHTER VORNIMMT.
EIN BRUDER NACH DEM ANDEREN WIRD HIN-GERICHTET.
BIS NUR NOCH JAKOB ÜBRIG IST.
DOCH DA PASSIERT ETWAS SELTSAMES.
No.
DER WAGEN RUCKT AN.
DANN ENTFERNT ER SICH VOM RICHTPLATZ.
97

JAKOB WIRD FREIGELASSEN.
ER HEUERT ALS STEUERMANN AUF EINER KAUFMANNSKOGGE AN.
DOCH ER HAT KEIN GLÜCK...
DER VIZEHAUPTMANN DER SEERÄUBER IST WIEDER EINFACHER MATROSE.
IN SEINEN FREIWACHEN BEGINNT ER ZU SPIELEN...
...UND ZU SINGEN.
SPÄTER LÄSST ER DIE SEEFAHRT GANZ SEIN.

KAPITEL 10

1401: JAKOBS FRAU STARB IM KINDBETT. SEIN STIEFSOHN ERTRANK.
VÖLLIG ALLEIN GEHT ER NUN AUF WANDERSCHAFT.

GOTT ZUM GRUSS, WIRT. HABT IHR SPEIS UND TRANK FÜR EINEN ARMEN SPIELMANN?
IN SEINEN LIEDERN ERFINDET JAKOB DEN MYTHOS VON KLAUS STÖRTEBEKER.
VON DEM SCHIFF MIT DEN GOLDENEN MASTEN.
KLAUS, DER STARKE. KLAUS, DER GERECHTE. DER OHNE KOPF SEINEN FÄHIGSTEN STEUERMANN VOR DEM HENKER BEWAHRT HAT.

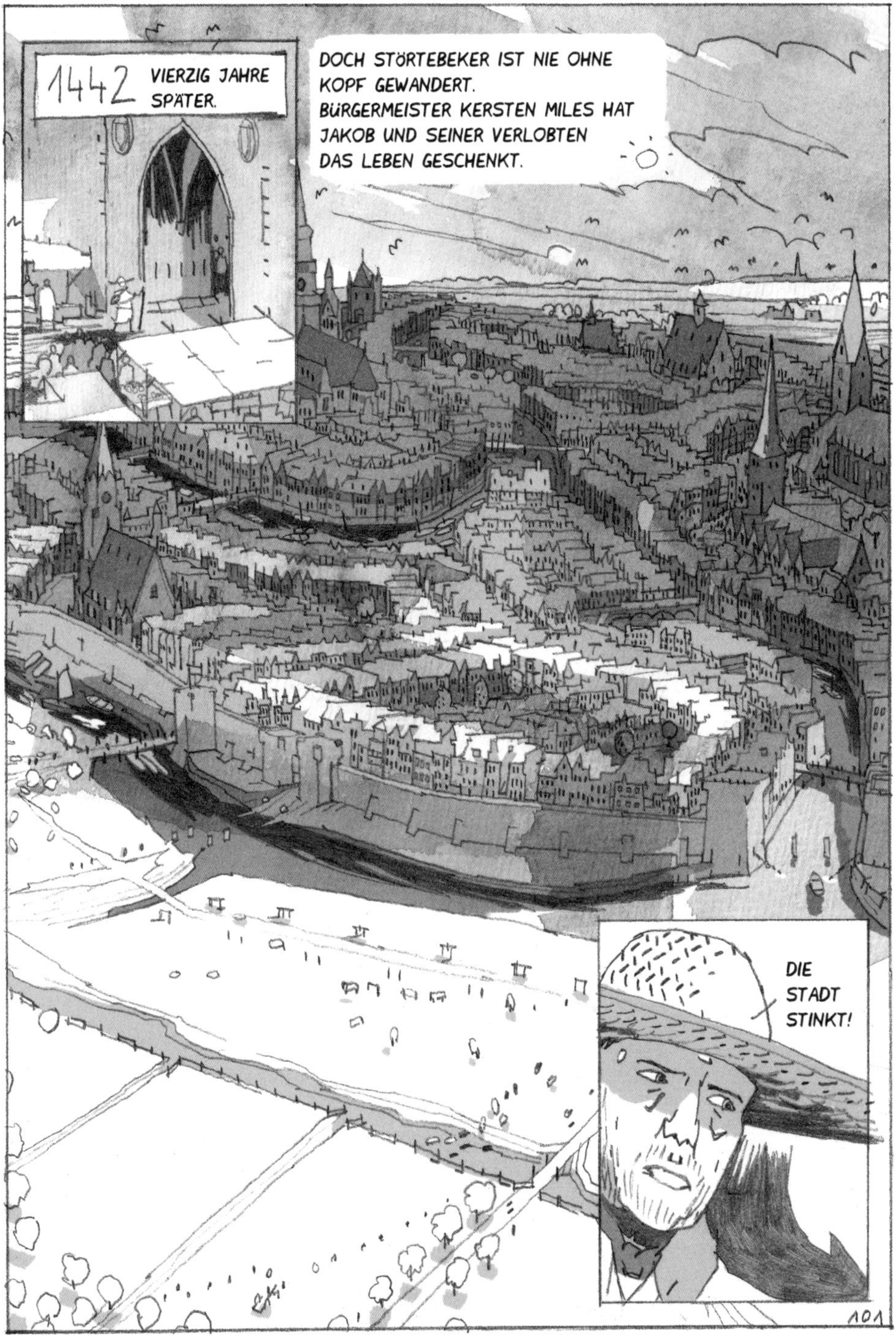
1442 VIERZIG JAHRE SPÄTER.
DOCH STÖRTEBEKER IST NIE OHNE KOPF GEWANDERT. BÜRGERMEISTER KERSTEN MILES HAT JAKOB UND SEINER VERLOBTEN DAS LEBEN GESCHENKT.
DIE STADT STINKT!

CIRCUS
ZUM STÖRTEBEKER
DURCH DAS BROOKTOR AUF DER KUHWIESE.
MEIN HAUPTMANN…
…BITTE VERZEIHT MIR.

VON DEN LIKEDEELERN...
DIE EINST BLUTIG UND GRAUSAM WAREN...
NUR WEIL ES SIE NICHT MEHR GIBT...
WERDEN SIE GELIEBT...
ENDE
23 05 16

Anmerkungen

Kapitel I

S. 3 * Wie Koggen im 14. Jahrhundert genau aussahen, ist nicht bis ins letzte Detail geklärt. Diese Kaufmannskogge ist nach einen Modellbausatz gezeichnet. Störtebekers Schiff ist zum Bausatz hin leicht abgeändert: Die Rudergänger müssen unter freien Himmel die Pinne (Ruder) bedienen.
* Die Rangordnung: Schiffsjunge – Jungmann – Leichtmatrose – Matrose.

S. 4 * Was der Schiffer im ersten Bild in den Händen hält, ist ein Jakobsstab, ein Vorläufer des Sextanten.
* „Frei vom Land" – Das Land ist vom Schiff aus nicht mehr zu sehen.

S. 5 * Der Vizehauptmann ist Stellvertreter der Hauptmannes (auch Kapitän oder Schiffer genannt).

S. 6 * Hamburg war vor über 700 Jahren das „Brauhaus der Hanse".

S. 7 *Wie Seeräuber zu Störtebekers Zeiten mit den Mannschaften der geenterten Schiffe verfuhren, ist nicht bekannt.

S. 8 * „Der Hauptmann zieht auf" – Traditionelle Ansage, wenn ein Unteroffizier/Offizier an Deck erscheint.

S. 9 * „Hol, hol, hol!" und „Hol weg" sind Kommandos beim Segel setzen.

S. 10 * „Runter vom Achterdeck." – Das Achterdeck eines Schiffes ist den Offizieren oder höherrangigen Seeleuten vorbehalten.
* „Dein Platz ist vor dem Mast." – Der Teil des Schiffes vor dem ersten Mast (Bug, Vorschiff) dagegen gehört den normalen Seeleuten.

S. 11 * Ob Koggen über eine Kombüse verfügten, ist nicht zweifelsfrei geklärt. Viele Reisen dauerten nur wenige Tage, deshalb war weder Koch noch Herd notwendig. Die Koggen waren gebaut, um große Mengen an Waren zu transportieren. Die Segeleigenschaften und Hochseetauglichkeit dagegen ließen sehr zu wünschen übrig.

S. 13 * „Eine Hand für dich und eine für das Schiff", wird dem Seemann gesagt, wenn er in den Mast klettert.

S. 14 * „Deinen Vorgänger haben die Männer mit einen Eimer …" – Gefährlicher Streich, der noch frischen Seeleuten gerne gespielt wurde. Einem Matrosen wird ein Seil an den Fuß gebunden, dessen anderes Ende an einen Eimer geknotet ist. Dieser wird über Bord geworfen und reißt den Mann mit sich.

S. 15 * Backbord – Links; Steuerbord – Rechts.
* Die Bilge ist der Raum über dem Kiel (siehe Risszeichnung).

S. 16 * Arnd Stuke entstammte einem mecklenburgischen Adelsgeschlecht. Er wurde zum Freibeuter, nachdem er seinen Familienbesitz, die Burg Kützin in der Nähe von Wittenburg, verloren hatte.

S. 18 * Die renommierte Karls-Universität in Prag ist die älteste Universität nördlich der Alpen und östlich von Paris. Das Fach Medizin wird seit ihrer Gründung im Jahr 1348 gelehrt.

Kapitel 2

S. 20 * Auch wenn Jakob es nicht sofort bemerkt, das Winterquartier ist Helgoland. Es kann angenommen werden, dass Störtebeker die Insel als Quartier und Brückenkopf für seine Raubzüge genutzt hat. Es gibt aber keine Zeugnisse dafür.

* Um dem Wind der Nordsee zu trotzen, wohnten die Helgoländer Friesen in flachen Häusern im Schatten der Kante zum Oberland oder in Höhlen.

* „Ik sant vell machte feskerman vun deat Lun" (helgoländisch) – „Ich will den stärksten Fischer (Anführer) des Landes (Helgoland) sprechen."

S. 21 * „Gung fütt, Bruur. Wi halunners mai djim ni." (helgoländisch) – „Geh weg, Bruder. Wir Helgoländer mögen euch (Seeräuber) nicht."

S. 22 * Auf Helgoland konnten erst im 19. Jahrhundert vier Hügel identifiziert werden, von denen drei eindeutig Hügelgräber aus der Bronzezeit waren.

* Die Lange Anna, eine Felsnadel, die heute das Wahrzeichen Helgolands ist, wird hier erst 500 Jahre später entstehen.

S. 25 * Das Schiff liegt trockengefallen im Felswatt. Im Vordergrund sind mehrere sogenannte Reeperbahnen aufgebaut, um neue Taue herzustellen.

S. 27 * Rüstmeister – Herr über die Waffen.

S. 28 * Die Armbrust war zur Zeit der Vitalienbrüder eine fortschrittliche und tödliche Waffe, die für ihre Durchschlagskraft und Fernwirkung gefürchtet war.

Kapitel 3

S. 30 * Backbordnock – befindet sich bei diesen Schiffen am linken, äußersten Teil der Rah.

S. 32 * Deckshand – niederer Rang eines Seemannes.

Kapitel 4

S. 34 * Taue wurden mit Labsal, wahrscheinlich einer Mischung aus Teer und Leinöl konserviert.

S. 39 * Freibeuter – private Seefahrer, die von einer Regierung oder einem Adeligen per Kaperbrief die Erlaubnis erhielten, Kaufmannsschiffe auf See aufzubringen.

S. 40 * Handrohr – erste Handfeuerwaffe, die von einem Mann allein transportiert und abgefeuert werden konnte.

S. 44 * Likedeeler (Gleichteiler) – Alle bekommen, abhängig vom Rang, einen Anteil an der Beute.

* Versicherungen für schwere Verletzungen auf Freibeuterschiffen gab es tatsächlich. Nachweisbar sind sie aber erst ab dem 16. Jahrhundert.

S. 46 * Im Jahre 1388 war Albrecht III., Herzog zu Mecklenburg, Herr über Störtebeker und seine Männer. Der Herzog akzeptierte die Schiffe der Vitalienbrüder in den Gewässern vor Rostock und Stralsund. Außerdem erlaubte der Herzog den Seeräubern, seine Marktplätze zu nutzen.

Kapitel 5

S. 47 * Blick von Norden auf Rostock mit der Marienkirche. Im Vordergrund das alte Burgwalltor (noch ohne Zollhäuschen). Rechts hinten ganz klein: Kröpeliner Tor.

S. 50 * Jakob hat Glück, dass er schwimmen kann. Unter Seeleuten und Küstenbewohnern des 14. Jahrhunderts war diese Kunst fast unbekannt.

S. 51 * Friedeschiff (auch Friedekogge) – bewaffnetes Söldnerschiff der Hanse.

S. 54 * Die Flagge mit dem Totenkopf und den gekreuzten Knochen ist erst seit dem 17. Jahrhundert verbürgt.

Kapitel 6

S. 55 * Blick von Süden auf Stralsund. In der Mitte die Nikolaikirche noch mit den beiden spitzen Türmen. Links vor der Kirche das Rathaus.

S. 58 * 1389 Eroberung von Schweden. Albrecht III. wird gefangen genommen. Von 1389 bis 1392 wurde Stockholm belagert und von den Vitalienbrüdern von See aus versorgt. Der Name „Vitalienbrüder" (Viktualien=Lebensmittel) stammt aus dieser Zeit. Wie die Freibeuter es schafften, den Belagerungsring der dänischen Truppen zu durchbrechen, ist nicht überliefert.

S. 61 * Stockholm aus der Vogelperspektive. Rechts die ehemalige Burg Tre Kronor. Der spitze Kirchturm senkrecht über den Koggen ist die Tyska kyrkan (die Deutsche Kirche).

S. 63 * „… die schlimmste Sturmflut seit Menschengedenken." – Die Grote Mandränke von 1362 veränderte die Küstenlinie des heutigen Dänemarks, Deutschlands und der Niederlande stark. Vermutlich Hunderttausende Menschen verloren dabei ihr Leben.

Kapitel 7

S. 70 * Noch Jahrzehnte nach der Groten Mandränke konnte man die Reste der aufgegebenen Städte, wie Hafenanlagen, Häuser und Kirchen im Watt finden.

Kapitel 8

S. 73 * Herold – offizieller Bote eines Adeligen, eine Vorform des Diplomaten.

S. 75 * Christoph Kolumbus erwähnt 1492 erstmals Hängematten, die er auf seinen Reisen kennenlernte. Sie setzten sich später auf europäischen Schiffen durch.

S. 77 * „Snälla gor inte mitt barn ..." (schwedisch) – „Bitte tun Sie dem Kind nichts ..."

S. 83 * Marienhafe wurde erst Mitte des 15. Jahrhunderts zu einer richtigen Ortschaft. Schon zu Störtebekers Zeiten gab es dort die Marienkirche, welche für die Abgeschiedenheit diese Landstriches unverhältnismäßig groß ausgefallen war.

S. 86 * Hamburg hatte gerade das Schloss Ritzebüttel und Neuwerk zurückerobert. Die Hanse machte aus beiden Orten Brückenköpfe gegen die Vitalienbrüder.

* Die Ersterwähnung von Lotsen in Lübeck stammt von 1325. Ein schriftlicher Beweis für „Geleitsleute" im Nordseeraum existiert dagegen nicht.

* Das Schiff fährt eine Prigge um. Noch heute werden die Fahrrinnen in gezeitenabhängigen Gewässern auf diese Weise markiert.

Kapitel 9

S. 90 * „... mit Ausnahme der bremischen Schiffe." – Zu Zeiten von Klaus Störtebeker waren die Hamburger darüber erzürnt, dass ein Bremer Erzbischof die Kirchenaufsicht über ihre Stadt innehatte. Symbol dafür war der Mariendom (dessen Turm auf S. 88 im letzten Bild zu sehen ist).

S. 92 * Im Jahre1401 wurde Klaus Störtebeker von Hamburger Friedeschiffen vor Helgoland gestellt, nach erbittertem Kampf gefangen genommen und auf der BUNTEN KUH nach Hamburg gebracht. Ein Verräter bzw. Krabbenfischer sollen flüssiges Blei in das Ruder gegossen und so das Schiff manövrierunfähig gemacht haben.

Kapitel 10

S. 101 * Ohne die Piratengefahr blühen und gedeihen Hamburg sowie die Hanse. In wenigen Jahren verdoppelt sich die Größe der Stadt.
* Ansicht von Hamburg aus südöstlicher Richtung. Mit (v.l.n.r.) Katharinenkirche, Nikolaikirche, Mariendom und Jacobikirche. Im Vordergrund der ehemalige Hinrichtungsplatz, der Grasbrook.

S. 103 * Ansicht von Hamburg. Blick Richtung Winserbrücke von der Bille aus. Der kleine, eckige Turm mit den Zinnen steht am Meßberg.

Meine Quellen, Literatur und Inspiration

Ralf Berhorst: Kaiser, Ritter, Hanse. In: GEO Epoche, Nr. 25, Hamburg 2007.
Harm Bengen: Störtebeker. De leeven Gods Fründ und aller Welts Feind. Kiel 2010.
Heiner Boehncke/Hans Sarkowicz: Störtebeker und Konsorten. Bielefeld 2010.
Willi Bredel: Die Vitalienbrüder. Ein Störtebekerroman. Rostock 1983.
David Cordingly: Unter schwarzer Flagge. München 1999.
Alain Felkel: Operation Piratenjagd. Von der Antike bis zur Gegenwart. Hamburg 2014.
Wilhelm Fischer: Freibeuter der Meere, Störtebeker, der größte Seeräuber aller Zeiten. Band 1, Remseck 1989.
Rick Haupt: Das Piratenschiff. Die abenteuerliche Entdeckung der Oxford. München 2004.
Hans H. Henningsen: Rungholt – Der Weg in die Katastrophe. Husum 2000.
Christa Holtei/Astrid Vohwinkel: Ein Tag auf dem Piratenschiff. In: Lesemaus, Band 114, Hamburg 2010.
Wilhelm Lobsien: Klaus Störtebeker. Erzählung aus der Zeit der Vitalienbrüder. Stuttgart 1985.
Ortwin Pelc: Seeräuber auf der Nord- und Ostsee. Heide 2005.
Johannes Schneider: Störtebeker. Der Mann, der Mythos. In: GEO Epoche, Nr.62, Hamburg 2013.
Dieter Zimmerling: Störtebeker & Co. Die Blütezeit der Seeräuber in Nord- und Ostsee. Hamburg 2005.

AUF KAPER
JAKOB, 13 JAHRE
JAKOB, 16 JAHRE
JAKOB, 22 JAHRE
KLAUS STÖRTEBEKER
VIZEHAUPTMANN
BOOTSMANN
ERSTER STEUERMANN

FAHRT MIT
JAKOB,
59 JAHRE
KOCH
RÜSTMEISTER
ROBIN
JAKOBS VERLOBTE
STÖRTEBEKERS
EHEFRAU

Bereits erschienen:

Kristina Gehrmann

Im Eisland – Band 1: Die Franklin-Expedition
224 Seiten | 16,99 € | ISBN 978-3-356-01901-8

Im Eisland – Band 2: Gefangen
224 Seiten | 16,99 € | ISBN 978-3-356-01994-0

Im Eisland – Band 3: Verschollen
272 Seiten | 18,99 € | ISBN 978-3-356-02024-3

Kristina Gehrmann
IM
EISLAND
Band 2:
Gefangen
HINSTORFF
Kristina Gehrmann
IM
EISLAND
Band 3:
Verschollen
HINSTORFF

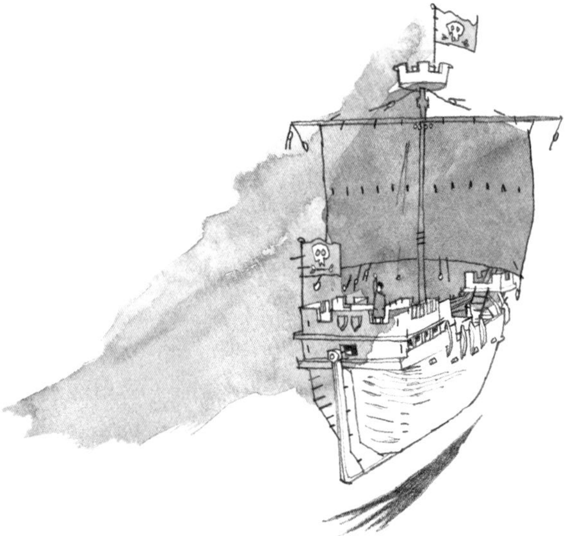

Liebe Leserin, lieber Leser, wie hat Ihnen die Lektüre gefallen?
Wir freuen uns über Ihre Bewertung im Internet!

Die Deutsche Nationalbibliothek verzeichnet diese Publikation in der Deutschen Nationalbibliografie; detaillierte bibliografische Daten sind im Internet über http://dnb.ddb.de abrufbar.

Lagerstraße 7, 18055 Rostock
www.hinstorff.de

1. Auflage 2016

Herstellung: Hinstorff Verlag GmbH
Lektorat: Henry Gidom
Druck: optimal media GmbH
Printed in Germany
ISBN 978-3-356-02040-3